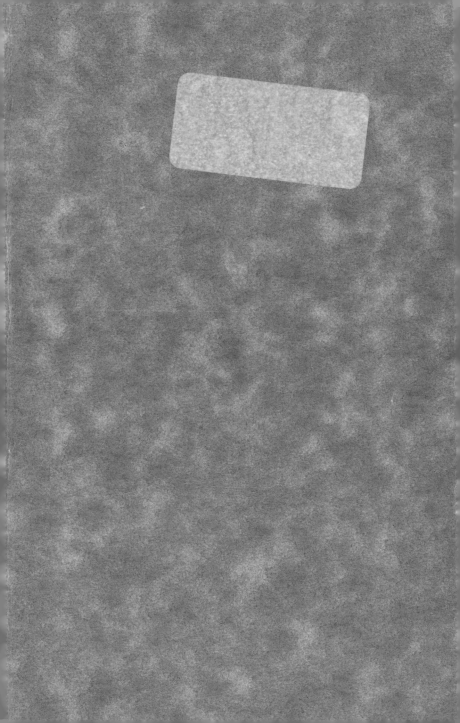

Songs of Kabir

SONGS OF KABIR

by Kabir (15th century)

English Translation by Rabindranath Tagore

undertablepress.com
117 Dazhi Street, 5F, 10464 Taipei, Taiwan

Printed in Taiwan.

卡比兒，十五世紀的印度詩人，生卒年不詳，在聖城瓦拉納西生活、工作。一生在家修行，主張家是最好的修行場所，工作也是修行的一部分。詩人討厭複雜的宗教組織、表面功夫，主張廟堂內外，世間處處是神，有心的尋道者，往內在尋找，必得真知。其詩歌至今仍傳誦世間，世世代代的翻譯家在不同的語言與生活型態中，又挖掘出卡比兒詩歌的新生命。

現今，在卡比兒的出生地，有兩座寺廟紀念他，由印度教徒、穆斯林分別供奉，日日唱誦其詩歌。另有以其思想為主題拍的一系列紀錄片，而他的詩歌也與當今的印度民謠、蘇菲派思想、前衛搖滾樂結合，成為大眾文化的一部分。

Lithography_SERIES AMOUR

by Maurice Denis (1870 - 1943)

colour lithographs on wove paper and a lithographed cover, unbound,
Van Gogh Museum, Amsterdam (Vincent van Gogh Foundation)

但尼，十九世紀法國象徵主義畫家，是印象派過渡到現代藝術的重要人物。畫家與那比派（Les Nabis）藝術家關係密切，後轉向新古典主義。一戰後，他投入教堂裝飾藝術創作，發揚宗教藝術。

當你來到幸福之海：卡比兒詩選

Songs of Kabir

作者	卡比兒 Kabir
中譯者	孫得欽
英譯者	泰戈爾 Rabindranath Tagore
石板畫	但尼 Maurice Denis
美術	Lucy Wright
總編輯	劉粹倫
發行人	劉子超
出版者	紅桌文化／左守創作有限公司 http://undertablepress.com 10464 臺北市中山區大直街 117 號 5 樓 Fax: 02-2532-4986
印刷	約書亞創藝有限公司
經銷商	高寶書版集團 11493 臺北市內湖區洲子街 88 號 3 樓 Tel: 02-2799-2788 Fax: 02-2799-0909
書號	ZE0135
ISBN	978-986-95975-4-8
初版	2019 年 1 月
新台幣	330 元
法律顧問	永衡法律事務所 詹亢戎律師
台灣印製	本作品受智慧財產權保護

國家圖書館出版品預行編目(CIP)資料

當你來到幸福之海：卡比兒詩選 /
卡比兒 (Kabir) 作；孫得欽中譯；泰戈爾 (Rabindranath Tagore) 英譯 .
-- 初版 . -- 臺北市：紅桌文化，左守創作，2019.01
230 面；12.8*19.0 公分
譯自：Songs of Kabir
ISBN 978-986-95975-4-8(平裝)
867.51　　107022285

當你來到幸福之海

卡比兒詩選

泰戈爾 Rabindranath Tagore 英譯
孫得欽 中譯
艾芙琳・昂德西 Evelyn Underhill 導讀

卡比兒詩選百首

26 萬物的創生，都出於「唵」
27 了知那未知的
28 在本源面前，現象跳著舞
29 你的天命是從何時展開？
30 這樹上有一隻鳥
31 天空的閘門開啟
32 起舞吧，我的心！
33 我已將鑽石包裹在斗篷裡
34 祢與我之間的愛豈能斷開？
35 誰能為我帶來心上人的消息？
36 醒來吧，別再睡了！
37 陽光普照時，夜晚在哪裡？
38 錯誤之鎖扣上了大門
39 這具身體就是祂的里拉琴
40 家中有真正的合一
41 無處不是祂的美
42 我揭開簾幕，我看過
43 聽說水裡的游魚口渴，我笑了
44 漫遊如狂人
45 你是誰，從何處來？
46 循簡樸之道淨化你的身體吧
47 一棵奇怪的樹
48 與我同行
49 永不落入死地
50 永恆之笛
51 分離的痛，緊鎖胸膛

1

僕人啊，你在哪裡尋找我？
看！我就在你身旁。

我不在廟堂也不在清真寺，
我不在卡巴天房也不在岡仁波齊峰，
不在祭典和儀式中，
也不在瑜珈或棄世絕俗中。

如果你是真正的尋道者，
你會立即看到我，

你會在一瞬間與我相遇。

卡比兒說：「哦，修行者！

神是所有呼吸中的呼吸。」

△Kaaba：位於伊斯蘭教聖城麥加的禁寺內，是一座立方體的建築物，字意即「立方體」。相傳是第一個人類阿丹興建的。伊斯蘭傳統認為卡巴天房是天堂的建築「天使崇拜真主之處」在地上的翻版，而卡巴天房的位置就直接在彼天堂建築之下。

△Sadhu：印度教中的修行者。

2

詢問聖者屬於哪個階級，毫無必要；
無論是神父、鬥士、商人，
或 36 種階級中任何一種人，
都一樣在尋找神。

詢問聖人屬於哪種階級實在太傻；
理髮師在尋找神、洗衣婦在尋找神，木匠亦然——
就連萊達斯也在尋找神。

論階級，成仙的史瓦帕恰是個皮匠。

印度教徒和穆斯林同樣抵達了終點，
那個一切再無分別的地方。

△ Raidas：十五、十六世紀活躍於北印度詩聖、社會改革者，對虔拜愛神運動有深遠的影響。

△ Rishi：印度神話中，介於神與人之間的群體。

△ Swapacha：印度種姓制度中的低階，食狗肉維生。

在生時企盼祂吧，朋友，
在生時了知，在生時瞭解吧：拯救就在生命中。
如果你的束縛未在生時解開，
又怎能盼望能在死時得救？

盼望靈魂能在脫離軀體時與祂合一，只是空想。
若能在此時尋得祂，也會在彼時尋得祂；
若非如此，我們只是前往死亡之城定居。
如果你此刻合一，也將在死後合一。

沐浴於真理，了知真上師，虔信於真名！
卡比兒說：「是尋道之靈在幫助你；
我是尋道之靈的奴僕。」

4

別到花園去！

朋友啊，不必去那裡，

你的身體裡就有一座花園。

在千瓣蓮花上就座吧，

在那凝視永恆之美。

5

告訴我，兄弟，要如何棄絕幻相？
當我解開緞帶的結，衣服仍繫在身上；
當我解開衣服的結，身體仍包裹在衣料中。

因此，當我放棄激情，卻看到憤怒仍在；
當我捨棄憤怒，卻看到貪婪隨身；
而當我克服貪婪，傲慢和虛榮還在；
當我心不再執著，也屏除了幻相，幻相仍攀附於文字上。
卡比兒說：「聽我說，親愛的修行者！真實的道路難尋。」

△ Maya：即幻相、遮蔽，在印度教中世界是大自在天遊戲時產生，整個世界俱是幻相，許多哲學和宗教尋求揭去摩耶面紗，以一睹超越性的真理。

6

月亮在我身體裡閃耀，但我盲的眼看不見；
月亮在我之內，太陽也是。
永恆，那無聲之鼓在我體內鳴響，但我聾的耳聽不到。

只要人還為「我」和「我的」爭執不已，他就是白忙一場；
當人停止執迷於「我」和「我的」，上主的作工就完成了。
因為作工除了獲致真知以外並無其他目標：
當「那個」到來，作工亦可捨棄。

花，是為結出果實而綻放；

果實結成時，花就凋萎。
麝香在鹿的體內，鹿卻不向內在尋覓：
牠四處漫遊，尋找青草。

當梵天顯露自身，祂也將那永不可見者帶入有形之中。
如種子潛藏於植物，如蔽蔭潛藏於樹木，
如空無潛藏於天空，如無限之形潛藏於空無中——
據此，無限源於無限之外，而有限是從無限中延展而來。

萬物在梵天之中，梵天亦在萬物中：永遠分離，亦永遠合一。
祂是樹木、種子和胚芽。
祂是花朵、果實和蔽蔭。
祂是太陽、是光，是光照之處。
祂是梵天、萬物與幻相。

祂是豐繁的形體，是無限的空間；
祂是呼吸、語字和意義。
祂是限制與無限：祂更超越了限制與無限，祂是純粹的存在。
祂是遍在之心，存於梵天與萬物中。

靈魂中蘊含至高靈魂，
至高靈魂中蘊含「那一點」，
而在「那一點」中，世間萬有又重新映現。
感謝上主，卡比兒看見了這神聖景象！

△ Brahma：印度教創造之神，與毗濕奴、濕婆並稱三主神。

△ 同詩第5首註。Maya：即幻象、遮蔽（印度哲學用語），在印度教中世界是大自在天遊戲時產生，整個世界俱是幻象，許多哲學和宗教尋求揭去摩耶面紗，以一睹超越性的真理。

▷ Being：常譯為本體、存有、在，指稱永恆遍在的覺性。

這瓦器△中有涼蔭與疏林，而造物主就在其間；
這器皿中有七大洋和數不盡的星星。
試金石和珠寶鑑定人都在裡頭；
這器皿中永恆之聲迴盪，泉水湧出。
卡比兒說：「聽我說，朋友，摯愛的上主就在其中。」

△瓦器在聖經中比喻人，《哥林多後書》4：7：
「我們有這寶貝放在瓦器裡，要顯明這莫大的能力是出於神，不是出於我們。」

哦，如何表達那隱祕的字？
哦，我怎能說祂不是這樣，或祂是那樣？
如果我說祂在我之內，將使宇宙蒙羞；
如果我說祂在我之外，則完全是謊言。

祂將內在與外在世界合為不可分割的一體；
意識和無意識，都是祂的腳凳。
祂既非顯化，也非隱藏；
祂未被揭露，也未被掩蓋：
沒有任何字詞能說出何者是祂。

10

你使我的愛湧向你，苦行者△！
我一直在房裡沉睡，是你喚醒我，你以聲音震撼我，苦行者！
我一直淹沒在這世界之海的深處，是你拯救我，
你以雙臂將我高舉，苦行者！
你只用了一個字，沒有第二個——就使我粉碎所有束縛，苦行者！
卡比兒說：「你將你的心與我的心合一，哦，苦行者！」

△Fakir：伊斯蘭教脈絡中守貧和虔誠禁慾的蘇菲派修士。

我和同伴日夜遊玩，而現在，我無比害怕。
上主的宮殿如此之高，我的心，顫抖著攀上階梯。
如果我要享受祂的愛，就不能怯步。
我的心必須緊靠著愛人；我必須揭開面紗，以全身面對祂：
這愛之燈火的儀式，必須以我的目光演出。
卡比兒說：「聽我說，朋友，祂明瞭誰是愛著的。
如果你對摯愛的唯一，沒有感到愛的渴望，
那麼裝飾你的身體只是徒勞，在眼皮塗上香膏只是徒勞。」

On the Pale Silver Sofa (Sur le canapé d'argent pâle), Maurice Denis (1870 - 1943)
lithograph in five colours on wove paper, 53.5 cm x 40.5 cm
Van Gogh Museum, Amsterdam (Vincent van Gogh Foundation)

Our Souls, with Languorous Gestures (Nos âmes en des gestes lents), Maurice Denis (1870 - 1943)
lithograph in four colours on wove paper, 40.9 cm x 53.3 cm
Van Gogh Museum, Amsterdam (Vincent van Gogh Foundation)

天鵝啊，告訴我，你古老的故事。
你來自哪個國度？要飛往哪個海岸？
你將在哪裡休息，天鵝啊，你在尋找什麼？
就在這個早晨，天鵝啊，醒來，飛起，跟隨我！

有個國度不受懷疑與哀傷統治，那裡不再有死亡的恐怖，
春天的樹木開滿鮮花，風中傳遞著「祂即是我」的芳香；
心之蜜蜂深深沉浸於彼，也不再渴望別的喜悅。

自有永有的上主啊，誰來侍奉祢？
每個信徒都將崇拜獻給自己創造的神，日日敬奉——
沒有人在追尋祂，那完美者：梵天，不可分的上主。
他們相信十種化身，但化身不會是無限之靈
因為他仍需背負行為的結果，至上的太一肯定不是這個。
瑜珈士、出家人△、持戒修行者，彼此爭執。
卡比兒說：「兄弟啊！誰看見了愛的光輝，誰就得到拯救。」

△ Sanyasi：印度教修行次第中第四階段的出家人。

河與浪，都屬於同樣的水流：河與浪的差別何在？
波浪升起時，是水；落下時，亦是同樣的水。
告訴我，分別何在？
只因為命名為浪，它就不再被視為水了嗎？

在至高梵天中，諸世界被描述為珠子；
請透過智慧之眼，看向整串念珠。

春天，季節之主，
祂所統馭之處，無聲之樂逕自迴盪，
光之溪水向四面八方流淌；
少有人能橫渡彼岸！

在那裡，數百萬個克里希納合掌而立，
數百萬個毗濕奴低頭行禮，
數百萬個梵天埋首閱讀吠陀經，
數百萬個濕婆冥思出神，
數百萬個因陀羅棲居於天空，

半神與仙人△無以數計，

數百萬個妙音天女，那音樂的女神，演奏著維納琴△——

我的上主顯明自身，檀木和花朵的香氣深藏其中。

△Vina：維納琴是源自南印度古老的七弦樂器。

△Muni：音譯為牟尼。亦為殊勝之勝者或仙人。

在意識之柱與無意識之柱兩者間，
心智造了一座鞦韆，
其上懸掛著眾生與諸界，
那鞦韆從未停止擺盪。

眾生棲居於此，
日月運行於此；
數百萬年過去，鞦韆仍在擺盪。

天空、大地、空氣和水，都在擺盪！上主亦隨之化現：

看見這樣的景象，卡比兒願為僕人。

太陽、月亮、星星的光閃耀著：
愛的旋律升起，那無執的、愛的節奏，拍打著時間。
天堂裡樂音和鳴，日以繼夜。卡比兒說：
「我摯愛的唯一如閃電，光芒劃過天空。」

你知道時間如何表達愛慕嗎？
宇宙在成列搖曳的燈火中日夜頌禱，
那裡有隱藏的旗幟和祕密的華蓋，
看不見的鐘，鳴響入耳。
卡比兒說：「在那裡，愛慕永不止息；

宇宙之主安住在祂的王座。」

整個世界儘自運作、儘自犯錯，
然而愛人者，知其所愛者甚少。
虔誠的追尋者，是指將愛與無執
兩道水流在心中合一之人，
就像恆河與亞穆納河的匯流；
在他心中，神聖之水日夜奔流，
生死流轉就這樣趨向終結。

看，在至高之靈中，那安息多美好！
與之相遇者，沉浸於至樂。
喜悅之海被愛的繩索引動，如鞦韆來回搖盪；
大能之聲在歌中顯現。

看那蓮花啊，不在水中依然綻放！
卡比兒說：「我心是蜂，啜飲其花蜜。」
多美妙的蓮花，在宇宙轉輪的中心綻放！
只有少數純淨的靈魂明白其中真正的歡樂。
樂音繚繞，心，在此汲取無限之海的喜悅。
卡比兒說：「潛入甜美之海，

令生死慂尤奔逃而去。」

看，對五感的渴求在那裡是如何熄滅！
苦難的三種形態不復存在！
卡比兒說：「那是不可獲致的太一在運動。
向內看，注意那隱祕的太一在你體內
如何散發皎潔的月光。」

生與死，有節奏地敲擊，
狂喜湧現，所有空間都光芒萬丈。
無人彈奏而樂音揚起，

那是三界之愛發出的樂音。
太陽與月亮的百萬燈火在燃燒；
鼓聲敲響，愛人尋歡起舞。
情歌迴盪，光如雨下；崇拜者迷醉於天堂的花蜜。
望向生命和死亡，兩者從未分離，
右手和左手，一體且無分別。
卡比兒說：「智者無言，因為這真理
永遠不會在吠陀經典或書籍中找到。」

坐在自我平衡的太一之上，

我醉飲那不可言詮的酒，
我找到開啟神祕的鑰匙，
我觸及合一的根源。
走過無路之路，我來到無哀慟的國度：
上主的慈悲悠然降臨我身。
人們歌聲中的祂，無限而遙不可及；
但我在闔眼冥思中見過祂。

那確實是無哀慟的國度，其去路無人知曉；
走上那道路的人，必然超越了所有哀慟。
美妙的是，在那安息的國度，功績無用武之地；

那正是智者所看見的，正是智者所歌頌的。
這是終極之道，但有什麼能表達它奇蹟般的滋味？
嚐過此味之人，明白它所能帶來的喜悅。
卡比兒說：「一旦瞭解它，
愚人將富有智慧，智者將無言且靜默，
崇拜者徹底迷醉，他的智慧和無執都因此臻至圓滿；
他舉杯啜飲，杯裡盛裝著愛的呼吸。」

在那裡，整個天空迴盪著聲響，
那樂音流瀉，未經手指和琴絃；
在那裡，歡樂與痛楚的遊戲並不終止。

卡比兒說：「如果你將自己的生命融入生命之海，
你會發現你的生命已在極樂聖土。」

狂喜的激動充滿每一刻！
崇拜者從這些時刻榨出精華暢飲：
他棲居在梵天的生命中。
我訴說真理，因為我已在生命中接受真理；
現在，我依戀於真理，而將所有華美裝飾拋棄。
卡比兒說：「是故，崇拜者無有恐怖，
生死徑尤自此離去。」

那裡的天空迴盪著樂音；
那裡的雨，是花蜜。
豎琴的絃音琤琮，鼓聲不絕。
多神祕的壯麗，在天空的華宅中！
太陽的升起與落下都無需再提；
在現象之海中，愛的光芒遍在，日與夜如一。
永遠喜悅，沒有哀慟，沒有掙扎！
在那裡，我看見喜悅的福杯滿溢，完美的喜悅；
錯誤沒有存在的餘地。
卡比兒說：「我在那裡見證了太一至福的運動！」

我在自身之內明瞭了宇宙的運動：

我已從這個世界的錯誤中脫身。

向內的和向外的，都匯合為同一片天空，

無限和有限是一體：我為這一切景象而迷醉！

祢的光填滿了宇宙，愛的燈火在真知的托盤上燃燒。

卡比兒說：「錯誤無法進入那裡，生與死的衝突彷若無物。」

△大寫的「Word」，創生天地之字音，本書多借用《約翰福音》「太初有道」的「道」譯之。

天空的中央，是靈魂的居所，光的樂音照耀；
在那裡，純淨而潔白的樂音綻放，我主大悅。
祂身上每一根毛髮都發出奪目光彩，
百萬日月的光芒也為之遜色。

在那岸上有一座城市，花蜜之雨傾盆而下，從未止息。
卡比兒說：「來，達馬達斯△！看看尊貴上主的宮廷。」

△Dharmadas：男子名。

我的心啊！那至高靈性，那偉大的師父，就在你附近：醒來吧，醒來！

奔向那摯愛者的腳邊：上主駐足之處，近在咫尺。

你已沉睡無數年頭，今晨還不醒來嗎？

你要渡向哪片岸啊，我的心？
在你之前沒有其他旅人，也沒有道路：
在那岸邊，哪裡有擾動？哪裡有安息？
沒有水，沒有船，沒有船夫；
與其說是人在拉動，不如說是繩索牽引著船。

沒有土地，沒有天空，沒有時間，沒有事物；
沒有海岸也沒有淺灘！
在那裡，既無身體亦無心智，
何處可以平息靈魂的渴？

你將在虛空中，找到無。
堅強點，進入你的身體：
那是你最穩固的立足點。

慎思啊，我的心，別到其他地方尋覓。
卡比兒說：「捨棄所有想像，
牢牢站穩你所在之處。」

每間屋子都燈火通明，
但盲目的人啊，你看不見。
有一天你的眼睛會突然開啟，
你會看到：死亡的鐐銬從你身上脫落。
再也沒有什麼可說、可聽，也沒有什麼可做的：
活著但已死去的那人，將永遠不死。

瑜珈士獨自隱居，因此他說，他的家在遠方。
上主近在咫尺，你卻攀上棕櫚樹梢尋覓祂。

婆羅門教士逐門逐戶傳教；

唉！生命真實的泉源就在你身邊，你卻供奉一塊石頭。

卡比兒說：「我永遠無法表達上帝的慈愛。

瑜珈、念珠、美德、罪惡，談論這些對祂而言毫無意義。」

22

弟兄啊，我的心渴望真正的上師，
他把真愛的酒杯斟滿，自己喝了，又遞給我。
他掀去遮蔽雙眼的布幔，讓我看見真實的梵天；
他揭露在祂之內的世界，讓我聽見無音之樂；
他顯明：喜樂與哀慟是一體；
他以愛注滿所有言語。
卡比兒說：「誰有了這樣的上師，
引領他前往安全的庇護所，他必然無所畏懼！」

夜幕低垂，陰影濃重，
愛的黑暗包裹身與心。
開啟西邊的窗戶，迷失於愛的天空；
喝下那浸透心之蓮瓣的甜美蜜汁。
迎接你體內的浪濤，海上何等壯麗！
聽！號角與鐘聲齊鳴。
卡比兒說：「兄弟，看啊！
上主就在身體這器皿中。」

是愛使我在這世上活出無限，
我心珍視愛甚於一切。

就像蓮花，生於水中，開於水中，
但水碰不到它的花瓣，花瓣在水之上綻放。
就像一名妻子，在愛的命令下走入火△中。
她燒盡自己，悲痛留給他人，但這都無損於愛。
這世界之洋難以跨越，海水深不可測。

卡比兒說：「聽我一言，修行者，抵達終點的人甚少。」

△印度婦女在丈夫死後（一般是葬禮上）自焚殉夫以表達對先夫的忠貞，儀式會以婚禮的形式在公開場合受人圍觀下進行，寡婦不是穿壽衣而是穿婚袍以映射神話中女方死亡、轉生、與先夫重逢再度結合。稱為娑提。

上主隱藏了自己，又絕美地現身；
上主以堅壁困住我，又將我的束縛卸下；
上主為我帶來哀慟之言和喜樂之語，
又親自彌合了兩者的衝突。
我願向上主獻出身與心，
我寧願放棄生命，但永不忘卻上主！

萬物的創生，都出於「唵」。
愛之形式是祂的身體，
而祂本身則無形、無質、永不腐朽：
尋求與祂的合一吧！

但無形之神在祂的受造物眼中，卻有千種形態：
祂純粹而堅不可摧，
祂的形態無限而深不可測，
祂在狂喜中起舞，舞步激起有形的波濤。
一旦被祂浩大的喜悅觸及，

身與心再無法容納自身。

祂，浸沒於所有意識、所有喜樂和所有哀慟中；

祂既無開端亦無終點；

祂涵納萬物，在祂的至樂之中。

是上師的恩慈讓我了知那未知的，
我從祂身上學到如何無腳而行、無眼而視、
無耳而聽、無口而飲、無翅而飛。

我將我的愛與冥思帶入無日無夜，
也沒有太陽和月亮的國度。

不必進食，我就嚐到花蜜的甜；
不必喝水，就能止息喉嚨的渴。

凡有歡樂迴響處，就有全然的喜悅。
在誰人面前能說出這樣的喜樂？
卡比兒說：「上師的偉大超乎言語，
那正是弟子的至福。」

在本源面前，現象跳著舞：

「汝與我是一體！」號角的樂聲如此宣告。

上師現身，向弟子深深行禮：

這是奇蹟中的奇蹟。

郭拉洽問卡比兒：

「告訴我，卡比兒，

你的天命是從何時展開？

你的愛從何處升起？」

卡比兒回答：

「從萬千形象的祂尚未展開遊戲之時；

從還沒有上師、沒有門徒之時；

從世界尚未開展之時；

從至上太一仍獨然存在之時——

接著，我成了持戒修行者；
然後啊，郭拉洽，我的愛被引向梵天。

在我接受瑜珈教誨之時，梵天頭頂未戴冠冕；
毗濕奴神未被指認為王；濕婆的力量仍未誕生。

我突然現身於瓦拉納西，羅摩難陀照亮了我；
我懷抱著對無限的渴望，來到祂的跟前。

在簡樸中，我與純一合為一體；我的愛泉湧而出。

郭拉洽，在祂的音樂中起舞吧！」

△ Gorakhnath，被認為是納特（Nath）瑜珈的實際創始者，並且留下了第一本拙火瑜珈的紀錄，與卡比兒並非同時代。

△ Râmânanda，卡比兒的上師，詩人、印度教大師。

這樹上有一隻鳥，
牠在生命的喜悅中起舞。
沒有人曉得牠在哪，
誰又知道牠的音樂是怎樣的重擔？

枝椏投下陰影之處，牠就在那裡築巢；
黃昏來，天明去，一句話也不解釋。
沒有人對我提過，這隻在我體內歌唱的鳥。
牠既非有色也非無色；
牠沒有形體亦無輪廓；

牠棲息在愛的陰影中。

牠住在那無限、永恆、不可觸及之境；

無人能標記牠的來去。

卡比兒說：「修行者，我的弟兄，神祕是深奧的。

讓智者去尋覓那隻鳥在哪裡歇息。」

痛楚日夜折磨，使我無法入睡；
我渴望與摯愛相遇，
父親的房屋不再能讓我快樂。

天空的閘門開啟，廟宇顯露：
我見到丈夫，並將我的身和心
供奉在祂的腳邊。

起舞吧，我的心！今天就隨著喜悅起舞。
愛的曲調日夜繚繞，世界正傾聽這旋律；
欣喜若狂，生與死也隨著音樂節奏起舞。
山丘、海洋與土地都在起舞。
人間世界在笑聲與淚水中起舞。
何必披上僧侶的長袍，遠離俗世，傲然獨居？
看！我的心在萬般藝術的歡悅中起舞，
使造物主滿心喜悅。

當心靈被愛灌醉，哪裡還需要語言文字？
我已將鑽石包裹在斗篷裡，何需一再打開？
負載輕盈時，秤盤向上升起，
現在裝滿了，何需再衡量重量？
天鵝已經飛越群山而棲止湖畔，
何必再尋找池塘和水渠？
上主居住於你的內在，向外的眼何必再張開？
卡比兒說：「聽著，兄弟，迷醉我雙眼的上主，
已將祂自身與我合一。」

祢與我之間的愛豈能斷開？
就像蓮葉浮於水面：
祢是我的上主，我是祢的僕人。
就像夜鳥查克△徹夜凝視月亮：
祢是我的上主，我是祢的僕人。

從時間的初始直到終結，
愛都在祢與我之間；
這樣的愛豈能熄滅？

卡比兒說：「就像河流匯入大海，
我的心與祢相遇。」

△ Chakor：印度傳說中愛上月亮的鳥。

我的身與心都因渴望祢而痛苦萬分；
心上人啊，來我屋裡吧。
人都說我是祢的新娘，我羞愧不已；
因為我尚未以我心觸及祢的心。
這是什麼樣的愛？我食不知味，夜不安寢；
門裡門外，我心惴惴不安。
如同乾渴需要水來緩解，新娘也需要愛人撫慰。
誰能為我帶來心上人的消息？
卡比兒焦心欲絕，只願見祂一面。

△卡比兒常使用新郎與新娘來譬喻神與人。本書中，the Beloved翻譯做心上人、摯愛，指的就是神。

醒來吧，朋友，別再睡了！
夜晚已逝，你要連白天也錯過嗎？
醒來的人，已獲得珍寶；
愚蠢的女人！妳在睡夢中錯失了一切。
妳的愛人是明智的，而妳是愚蠢的，唉，女人！
妳從未鋪好丈夫的床，
混亂的人啊，妳在無謂的遊戲中浪費時間。
妳的青春已虛度，只因不認識妳的上主；
醒來、醒來！看啊，妳的床已空：祂在夜裡離妳而去。

卡比兒說：「唯有醒來，她的心才能被祂的音樂之箭貫穿。」

陽光普照時，夜晚在哪裡？
如果是夜晚，太陽會收回它的光芒。
真知所在處，無知怎能經受？
如果無知存在，真知必死。
如果慾望存在，愛怎能立足？
愛所在之處，慾望無法容身。

握緊你的劍，加入戰鬥。
戰鬥吧，兄弟，只要生命仍持續。

砍下敵人的腦袋，迅速了結他；
然後歸來，在君王的宮殿躬身行禮。

勇敢的人，永遠不會拋棄戰場；
逃離戰場的不是真鬥士。
在這身體的場域裡，始終有浩大的戰爭，
對抗激情、憤怒、驕傲和貪婪。
在真理、完滿和純淨之國，戰場正沸騰；
殺聲最響的一把，是以祂為名之劍。

卡比兒說：「當勇敢的騎士投身戰場，

怯懦者才會群起進攻。

這是艱苦而磨人的戰役，尋道者之戰：

尋道者的誓言，比起戰士的誓言或

寡婦追隨丈夫而去的誓言更難。

因為戰士只作戰幾個小時，

寡婦死前的掙扎很快就到盡頭；

但尋道者的戰場日夜不歇，

只要生命尚在，就永無休止。」

錯誤之鎖扣上了大門，
用愛之鑰匙開啟它吧。
開了門，你將喚醒摯愛。
卡比兒說：「兄弟，別行經這至福
而一無所獲。」

朋友，這具身體就是祂的里拉琴；
祂轉緊琴絃，拉出梵天的旋律。
如果琴絃繃斷而絃鈕鬆弛，
這把塵土作的樂器也將回歸塵土。
卡比兒說：「除了梵天，無人能喚回那旋律。」

能召喚流浪者回家的那位是我所親愛，
家中有真正的合一，家中有生命的喜悅：
何必遺棄我的家，流浪到林間？
如果梵天協助我了知真相，
我必然在家中同時找到束縛與解放。

能夠深深潛入梵天之中者是我所親愛，
其心智在祂的冥思中從容佚失。
了知梵天且能在冥想中沉浸於祂至高真理者
是我所親愛，他能將愛與出離在生命中合一，演奏出無限之旋律。

卡比兒說：「家是永恆之所，
實相就在其中，能助你觸及真實的祂。
佇止你所在之處吧，一切終將及時到來。」

修行者，單純的合一是最好的。

從我見到上主的那天起，我們的愛就從未停止流動。

我未曾閉上眼，未曾摀住耳，未曾抑制我的身體；

我睜開眼，微笑著，看，就看到無處不是祂的美；

我唸著祂的名，則無論看到什麼，都讓我想起祂；

無論我做什麼，都成為對祂的詠嘆。

升起和落下，於我殊無二致，所有矛盾都已消解。

無論走向哪裡，都是圍繞著祂而行，

我所達成的，全靠祂的助力；
當我躺下，那是拜倒在祂足邊。

祂是我唯一傾慕的對象，再沒有其他。
我的舌頭戒除了不淨之語，日夜歌頌祂的榮光。
無論起身或坐下，無法一刻或忘祂；
只因祂的音樂，那韻律在我耳中跳動。
卡比兒說：「我心狂喜，我揭露了靈魂中所隱藏的。
我沉浸於那超越歡愉和痛苦之上的至福。」

聖浴之所除了水以外空無一物；
我知道那些地方無所助益，
因為我也曾在其中沐浴。

那些圖畫全都缺乏生命，無法言語；
我知道，是因為我也曾朝著它們哭喊。
往世書和可蘭經只是些文字；
我揭開簾幕，我看過。

卡比兒所說的，是體驗之語；

他深知，其他一切皆非真實。

聽說水裡的游魚口渴，我笑了。
你沒看到「真實」就在家裡，
卻頹然遊走過一座又一座森林！
真理就在這裡！
隨便你去哪裡，瓦拉納西或馬圖拉都一樣；
不先找到你的靈魂，這世界對你來說就從未真實過。

隱祕的旗幟插在天空的廟宇中；
藍色的華蓋鑲上月亮，
又灑上亮麗的珠寶點綴。
日與月，光芒四射，
你的心智在這壯麗景象前歸於靜默。
卡比兒說：「醉飲此花蜜者，將漫遊如狂人。」

你是誰，從何處來？
至上之靈的居所何在，
而祂與所造萬物又如何展開運行？

火在木材之中，是誰突然喚醒它？
燒成灰燼後，火的力量又到哪裡去？

真正的上師會教導：
祂沒有極限，亦非無窮。
卡比兒說：「梵天會以聽聞者能解的語言訴說。」

修行者，循簡樸之道淨化你的身體吧。

種子在印度榕樹內，而種子之內，是花，是果，是蔽蔭。

因此細菌在身體之內，而細菌之內，又是身體。

地、水、火、風、空，你無法在祂之外找到這些。

法官△啊，專家啊，深思這個問題：有什麼不在靈魂之內？

裝滿水的灑水壺放在水上，水在內也在外。

不應賦予名稱，以免錯將事物一分為二。

卡比兒說：「傾聽大道△、真理，那是你的本質。
祂向自己講道，而祂本身就是造物主。」

△Kazi：伊斯蘭文化中的地方官、法官、仲裁人。

△參見第17首註。道，創生天地之字音。

一棵奇怪的樹，
沒有根卻能站立，
未開花就能結果；
無枝亦無葉，正是蓮花。

兩隻鳥歌唱著，一是上師，一是門徒。
門徒選擇品嚐各種生命之果，
而上師只是喜悅地看著他。

卡比兒說的話難以理解：

「那隻鳥超乎追尋，卻又最清晰可見。
無形者，存於有形之間。我為有形的榮光高歌。」

△佛教有以蓮花比喻因果同時、因果不二之說。

騷動不安的頭腦已經平息，
我的心，光芒煥發。
因為在「那」之中，
我看到超乎「那」之上的。

我看到神與我同行。
我雖存活於現世束縛，卻已獲得自由：
因我掙脫了對所有狹隘之物的執取。

卡比兒說：「我達成了那不可達成的，我的心染上愛的色彩。」

你所見者，必「非」；
而「是」者，則言語不可描述。
除非親眼見到，否則你不會相信；
告訴你什麼，你都不會接受。

有人沉思於無形，有人則冥想於有形：
但智者知道，梵天超乎兩者。
祂的美，非眼睛所能見；
祂的韻律，非耳朵所能聞。

卡比兒說：「同時找到愛與出離兩者的人，永不落入死地。」

永恆之笛吹奏不歇，其樂聲，是愛；
當愛捨棄所有束縛，就觸及了真理。

香氣四溢，無遠弗屆，
沒有盡頭，亦沒有阻礙。

那旋律嘹亮猶似百萬驕陽；
維納琴無與倫比的樂音，
演奏真理之音的維納琴。

親愛的朋友，我渴望與戀人相遇！
我的青春已盛放過，與祂分離的痛，緊鎖胸膛。

我在知識的巷弄裡，漫無目的遊走，
但我在這些巷弄裡收到了祂的消息。
我接到戀人的信，信裡寫了無法言說的訊息，
現在我對死亡的恐懼已消散殆盡。
卡比兒說：「親愛的朋友！我已將不死的太一贈與自己。」

當我與戀人分離，我的心滿是愁苦。
白日惴惴不安，晚上臥不得眠。
該向誰傾訴我的哀傷？
夜已深，時光悄然流逝。
因我的上主缺席，我驚坐起身，戰慄不已。
卡比兒說：「聽著，朋友，除了與戀人相遇，
再無他處可尋得滿足。」

是哪根笛子奏出的音樂，令我喜悅而顫慄？
火焰不在燈盞上而燃燒；
蓮花無根而開花；
花朵簇擁綻放；
月之鳥獻身於月亮；
雨之鳥全心渴望雨的沐浴；
然而，愛者是為了誰的愛，投注整個生命？

你沒有聽到那無聲之樂的曲調嗎？
喜樂之豎琴就在房裡奏出輕柔、
甜美的樂音，何需出門尋找？

如果你未曾醉飲那唯一之愛的花蜜，
即使為自身洗去所有汙漬，又有何益？

法官△搜尋著可蘭經的字句，用來教導他人；
但如果他的心並未沉浸於愛，
即使貴為人師，又有何益？

瑜珈士將他的衣袍染紅，
但如果他對愛的色彩一無所知，
即使僧袍染得再美，又有何益？

卡比兒說：「無論我身在廟宇或陽台，營地或花園，
我實在告訴你，每一片刻上主都在我身上獲得莫大喜樂。」

△參考詩第46首註。伊斯蘭文化中的地方官、法官、仲裁人。

愛的路徑是微妙的！
其中沒有求與不求，
有人在祂腳邊忘卻自我，
有人沉浸在追尋的喜悅中：
如魚入水，縱身躍入愛的最深處。
愛者獻出生命服侍上主，毫不遲疑。
卡比兒揭露這愛的祕密。

能夠在這些目光注視下揭露無形之形的那人，是真正的修行者：
他教導如何以單純之道觸及祂，無需典禮與儀式；
他不會要你關上門、摒住呼吸、放棄世界；
他使你感知到至高之靈，那是心智依附之所在；
他教導你，歇止於行住坐臥之中。

他永遠沉浸於至福，心中毫無恐懼，
將合一的靈魂保存在一切喜悅中。
那無限的存有永恆遍在，
在土裡、在水中、在天上、在空氣中；

堅實如閃電，追尋者之座建立在虛空之上。

在內的那人，同時也在外；我看見祂，除此空無一物。

接收那萌生宇宙之道！
道即上師，我因聞道而成為門徒。
有多少人明白道的意義？

修行者，依道而行吧！
吠陀經和往世書都在宣揚它，
世界奠基於它，
仙人與信徒都談論它；
但沒有人明瞭道之奧祕。

屋主聞道，會立即拋下房子，
持戒修行者聞道，會重新擁抱愛，
六派哲學闡明它，
出離的精神也指向它，
整個有形世界由道之中湧現，
道，揭露了一切。
卡比兒說：「但又有誰知曉，道來自何方？」

△參見詩第17首註。道，創生天地之字音。

乾了那杯！醉吧！

醉飲那聖名之蜜！

卡比兒說：「親愛的修行者，聽我說，

從腳底到頭上的冠冕，這心智都斟滿了毒藥。」

人啊，若不認識你的上主，
你何能如此驕傲？
把你的聰明才智放一邊吧：
只憑語言文字無法使你與祂結合。
勿以經文為證來哄騙自己，
愛不是那些東西，
真心尋求的人已尋得。

60

在永生之海浪遊的滋味，
使我再也沒有任何要求。
猶如樹藏於種子，
一切苦厄也藏在這些要求中。

最終，當你來到幸福之海，別再復返於乾渴。
醒來吧！傻瓜。死亡尾隨著你。

純淨的水就在面前，每一口呼吸，都喝下它。
別朝著海市蜃樓走去，唯花蜜值得你渴求。
陀魯婆、普拉雷和蘇卡神都曾飲過那蜜，萊達斯也嚐過它。
聖人醉飲於愛，他們渴求的是愛。

卡比兒說：「聽我說，兄弟，恐懼之巢已摧毀。
你從未與這個世界面對面，一刻也沒有。

你編織著謊言束縛自己，你的話語盡是欺瞞：
背負著你執取不放的慾望之重，怎能輕盈？」

卡比兒說：「將真理、無執與愛留存在你之內。」

△陀魯婆、普拉雷、蘇卡神均為印度古代聖者或神。

△Raidas：一五、十六世紀活躍於北印度詩聖，見詩第2首註。

62

誰曾教導新寡的妻子，
在死去丈夫的火堆中焚盡自身？

誰又曾教導愛，
在出離中尋得至福？

為何如此急躁，我的心？
看顧鳥兒、野獸和昆蟲的祂，
從你還在母親子宮時就看顧著你，
如今你誕生了，難道祂會棄你不顧？

我的心啊，你怎能掉頭無視你上主的微笑，而離祂遠去？
你離開了你的摯愛而想要其他的，
這就是為什麼你所行一切徒勞無功。

Her Posture is Easy, Chaste (Les attitudes sont faciles et chastes), Maurice Denis (1870 - 1943)
lithograph in five colours on wove paper, 53.9 cm x 41 cm
Van Gogh Museum, Amsterdam (Vincent van Gogh Foundation)

Life Becomes Precious, Simple (La vie devient précieuse, discrète), Maurice Denis (1870 - 1943)
lithograph in four colours on wove paper, 41 cm x 53.2 cm
Van Gogh Museum, Amsterdam (Vincent van Gogh Foundation)

欲見我的上主一面何其困難！
雨之鳥渴求雨水而哀鳴，
她焦渴欲絕，
但沒有任何水分能滋潤她，
唯有雨。

鹿被愛的樂聲引動前行，
在聆聽樂聲中死去，
她蜷縮，但並非出於恐懼。

新寡的妻，
坐在丈夫屍體旁，
她不畏懼火焰。
拋開對這可憐肉身的所有恐懼吧。

兄弟，當我開始忘卻，上師便向我揭露道途。
於是我遠離所有典禮和儀式，不再以聖水沐浴；
於是我瞭解了，只有我一人獨自顛狂，
而整個世界從未失衡；
我打擾了那些智者。

從那時起，
我不再懂得如何在塵土中禮拜；
不再撥響寺廟的鐘；
不再設立寶座，供奉偶像；

不再以鮮花敬拜圖畫。

摧殘肉體的苦行，並不能取悅上主；
脫下衣服，滅絕感官，並不能取悅上主。

善良而行止正當、順流於世間諸事，
又將世上萬物視如己身者，
已證得不朽之存有，真神永遠與他同在。
卡比兒說：「他獲致了真名，他的話語純淨，
他已從傲慢和自負中解脫。」

瑜珈士為衣袍染色，而非為他的心，染上愛的色彩：

他坐在上主的廟宇中，遠離梵天而去敬拜石頭；

他在耳上穿洞，蓄有一把美髯，髮辮盤頭，看起來像頭山羊；

他走入荒野，殺光所有慾望，情願自我閹割；

他刮淨頭面，為衣袍染色，他熟讀薄伽梵歌，成為大演説家。

卡比兒説：「你正前往死亡的大門，還把手腳都綁上！」

我不知道什麼樣的神屬於我。
穆拉向祂大喊。
但為什麼呢？
你的神聾了嗎？

就連昆蟲移動時腳上踝鍊
發出的微細聲響，祂都聽見。
你向念珠祈禱，
在前額畫上神的符號，
盤起長而高調的髮辮：

但致命的武器在你心中，你如何擁有神？

△ Mullah：伊斯蘭教的一種尊稱，意譯是先生、老師、教士或領導者。

我聽到祂的笛聲，無法掩藏激動。
花開了，雖然並非春天；蜜蜂也已收到邀請。

天空咆哮，雷電交織，我的心中湧起浪濤，
雨落下，我心渴求我的主。

世界的律動在哪裡升和落，我的心便抵達那裡：
隱祕的旗幟在空中飄揚。

卡比兒說：「我的心正在死去，卻又生氣勃勃。」

如果神在清真寺裡面，
那麼這世界屬於誰呢？

如果羅摩存在於你朝聖途中找到的畫像，
那麼知曉外在一切的又是誰？

毗濕奴在東方；阿拉在西方。
向內看你的心，你會同時找到卡林姆和羅摩；
世上所有男女都是祂的有形化身，
卡比兒是阿拉之子，也是羅摩之女：

祂是我的咕嚕△，祂是我的辟爾△。

△Ram：羅摩（Rama），史詩《羅摩衍那》主角，也是主神毗濕奴的化身之一。

△Karim：衍生自Al-Karim（真主阿拉九十九個尊名之一），在此指真主阿拉。

△Guru：梵文中的靈性導師。

△Pir：蘇菲派稱導師、大師為辟爾。

溫柔而滿足的人
與心中全然接受且滿溢平安的人，
享有同樣的視野。

看見祂、碰觸過祂的人，
已從恐懼和禍患中解脱。
對他來説，對神的永恆念想，
有如塗抹身上的檀香，
再無其他歡愉。
無論工作或休息，都滿溢音樂：

他散播著愛的光輝。

卡比兒說：「輕觸祂的腳，祂即是一，
不可分割、永恆不變且平靜無波；
祂為所有器皿斟滿喜悅，祂的形體即是愛。」

前往良善相伴處，唯一的摯愛在那裡安居：
從那裡取得你的思想、愛與教導。

讓這一切燒成灰燼吧，如果祂的名未被稱頌！
告訴我，如果新郎不在，結婚宴席要如何舉辦？

別再猶豫不決，摯愛是你唯一念想；
別再將你的心浪費在敬拜其他神祇，崇拜其他大師毫不值得。
卡比兒三思說道：「那樣你將永無尋得摯愛之日。」

珠寶掉在泥濘中，人人都在尋找。
有人向東找，有人向西找；
有人在水中找，有人在石堆中找。
但僕人卡比兒以其真實的價值來評價它，
並小心翼翼，以心幔的一角包裹起來。

轎子前來載我前往丈夫的家，使我心喜悅而顫抖；
但轎夫將我帶到寂寥的森林，那裡沒有我的親友。

轎夫啊，我在你腳邊懇求你，再多等一下就好，
讓我回到親友身邊，讓我與他們道別。

僕人卡比兒唱道：「修行者！
結束你的買賣，放下好與壞的評斷吧：
因為在你將前往的國度，沒有市集也沒有商店。」

我的心啊，你對這愛之城的所有祕密一無所知，
你毫無覺知地前來，又毫無覺知地歸返。
而你又是如何度過一生呢，朋友？
你在腦中堆滿沉重的石頭，誰會為你減輕重擔？
真正的朋友就站在彼岸，
你卻從未在心裡想過如何能與祂相見。

船已損毀，你仍坐在岸邊，
就這樣隨浪沖打，漫無目的。

僕人卡比兒請你慎思，誰會與你為友到最後一刻？

你是孤身一人，你沒有同伴：你會為自己的行為受苦。

吠陀經說道，那無限者所在之處，遠超乎這受限的世界。
女人啊，爭論神是超越一切還是遍在一切，有何助益呢？
將萬事萬物視為妳的安居之所：
那裡苦樂的迷霧永遠無法蔓延。
那裡梵天不分晝夜，時時顯現：
光，是祂的外衣，是祂的座席，
光就棲止在妳的頭頂。
卡比兒說：「祂是真正的上師，祂就是光。」

張開你的愛之眼，看看遍及於世界的祂，
我留心深思，了知這就是你的國。

當你遇見真上師，他會喚醒你的心；
他會告訴你愛與出離的祕密，
你會確實瞭解到，祂超乎這個宇宙。

這世界是真理之城，路徑形成的迷宮讓心陶醉：
我們不必跨越道路，就能觸及目標，那是無止盡的運動。

多面向的喜悅之環為祂起舞之處，即是永恆至福運動之所。
當我們了知於此，我們所有的接受與放棄都將終止；
從此，佔有慾之火再也無法燒灼我們。

祂是終極的安息無邊無際，
祂將愛之形體散布到整個世界。
新的形體如泉水，從真理之光中湧流不絕；
而祂，遍在於這些形體。
所有花園、樹叢與涼蔭中，花團錦簇，
空氣中綻開喜樂的漣漪。

天鵝玩起美妙的遊戲，
無聲之樂旋繞於無盡的太一；
無形之王位大放光芒，至高存有端坐其上。
數百萬顆太陽的光輝，也不及祂身上一根毛髮。

道途上的豎琴奏出多真實的旋律！音符刺穿了心：
永恆之泉自此湧出生與死的無盡之流。
人們稱祂為空，真理中的真理，
所有真理都保存在祂之內！

一切創生，都在祂之內進行，
超越所有哲學，因為哲學無法觸及祂：
有個無盡的世界，哦，兄弟，有個無名之存有，
對此，我們只能默然無語。

只有觸及那個領域之人，才知曉，
它有別於一切所聞、所說。
無形，無體，無長，無寬，
我怎能說得出何者是它？
他來到無限之道路，上主的恩典降臨於他，

觸及到祂之人，已從生死之中解脫。

卡比兒說：「它，無法被言語描述，無法被紙筆寫下，

就像啞巴嘗到了甜——如何能解釋這番滋味？」

我的心，我們前往戀人居住的國度吧，祂已奪走我的心！

「愛」已經在井中將她的水罐裝滿，但卻沒有繩子可以拉起；

雲朵並未遮蔽天空，雨卻輕柔灑落：

無形無相的那位！別只是坐在門階上，往前去，在雨中沐浴吧！

月光永遠照耀而黑暗從未降臨，又是誰說，太陽只有一顆？

那個國度，被百萬驕陽的光芒照亮。

卡比兒說：「哦，修行者，
聽我的永恆之言，為了自己好，細聽並深思。

你使自己遠離了造物主，祂是你的存在之源。
你遺失了自身的緣由，又為自己帶來死亡。
所有教條和教導都源自於祂，長自於祂；
確實瞭解這一點，你就不再有恐懼。

聽我說，這偉大真理的消息！
你歌頌著誰的名，又以誰為對象來冥想？

哦，從糾纏中走出來吧！

祂住在所有事物的中心，何必在空盪的廢墟中尋求庇護？
如果你把上師視為遙不可及，你所榮耀的只是那距離；
如果主人真的如此遙遠，又是誰創造了這世界？

只要你還認為祂不在這裡，你就迷失得越來越遠，
只能流著淚，徒勞地尋覓。

如果祂是遙遠的，就永遠無法觸及；
如果祂近在咫尺，祂就是至福。」

卡比兒說：「為免祂的僕人受苦，
祂將自己滲入又滲入萬物之中。」

瞭解你自己吧，卡比兒；
因為祂就在你之中，從頭到腳。

But it is the Heart that Beats too Fast (Mais c'est le coeur qui bat trop v te), Maurice Denis (1870 - 1943)
lithograph in five colours on wove paper, 53.4 cm x 40.9 cm
Van Gogh Museum, Amsterdam (Vincent van Gogh Foundation)

Allegory (Allégorie), Maurice Denis (1870 - 1943)
lithograph in four colours on wove paper, 40.5 cm x 53.2 cm
Van Gogh Museum, Amsterdam (Vincent van Gogh Foundation)

我既非虔誠也非不敬；
我不按律法而行也不依感官而活；
我既非言者亦非聽者；
我不是僕人也不是主人；
我不受束縛也並非自由；
我並未出離亦無執著；
我離「無」甚遠，又離「無」甚近；
我既不會下地獄，也不會上天堂；
我有所為，又無所為；

少有人能理解我的意思：

能理解的，便安住不動。

卡比兒尋求的，既非創造，亦非毀滅。

真名與別的名字都不同！
本源與現象之間只是字面差別：

本源是種子，現象是花和果。
知識是枝椏，而真名是根。
細看根柢所在之處：
幸福會在你來到根柢時降臨。

根會帶領你前往枝椏、葉片、花和果：
那就是與上主的相遇，

那就是至福的完成，
那就是本源與現象的調和。

太初，唯有祂存在，自有永有；
祂是無形、無色且不受限的存有。
沒有開始、過程與結束；
沒有眼睛，沒有黑暗，沒有光；
沒有地，沒有天，沒有空氣；
沒有火，沒有水，沒有土壤；
沒有恆河與亞穆納河，
沒有海，沒有洋，也沒有浪。
沒有罪行亦無美德；
沒有經典，沒有吠陀經、往世書，也沒有可蘭經。

卡比兒沉思道：「那時沒有任何活動：
至上存有融合在祂自身不可知的深度中，如如不動。」

上師不吃也不喝，非生亦非死；
祂沒有形體、線條、色彩或裝束。
祂不屬於任何階級、氏族或其他——
我如何能訴說祂的榮光？
祂既非有形亦非無形，
祂沒有名字，
祂既非有色亦非無色，
祂沒有定居之處。

卡比兒沉思道：「那無階級亦無國家，
無形又無質的祂，充塞於所有空間。」

造物主將喜悅的遊戲帶入存有中；
天地萬物，創生於「唵」。
大地是祂的喜悅，祂的喜悅是天空；
祂的喜悅是日月的光芒；
祂的喜悅在於開始、過程與終結；
祂的喜悅在雙眼，在黑暗與光明。

海和浪都是祂的喜悅，
祂的喜悅在娑羅室伐底河、亞穆納河與恆河。
上師是一，而生與死、合一與分離，都是那喜悅的遊戲！
祂把玩著土和水，把玩著整個宇宙，
祂把玩著大地和天空！

天地萬物就在遊戲中擴展，在遊戲中確立。
卡比兒說，整個世界都安置在祂的遊戲中，
但誰是玩家永遠不得而知。

豎琴流瀉出低吟的樂聲，
舞蹈不斷，但未見手舞，無需足蹈。

音樂被彈奏而不用手指，被聽見而不藉耳朵；
因為祂就是耳朵，祂就是聽者。

大門鎖上了，但門裡有香氣：
一場無人的相遇，在裡面被看見。
智者深明於此。

那乞丐出發乞討，
但我甚至看不到祂的蹤影。

我能向那乞丐乞求什麼？
祂甚至在我開口前就給予一切。

卡比兒說：「我為祂所有。
現在，讓該降臨的都降臨吧！」

我的心高聲呼求愛人的家屋；
對於失去丈夫之城的她來說，
鄉間道路或庇護的屋簷都沒有差別。
我的心在任何事物中都找不到喜悅，
頭腦與身體煩亂不已。

祂的宮殿有百萬個入口，
但與我之間卻隔著浩瀚汪洋。
如何跨越那阻隔？
朋友，那路徑向外無盡延展。

這把里拉琴打造得何其精妙！
它的琴絃一旦正確地鳴響，能使心發狂；
但絃鈕若是損壞而琴絃鬆弛，則一無所用。
我笑著告訴父母，我須在早上出發，到我的上主那裡去；
但他們不希望我離開，憤怒說道：
「她以為自己可以控制丈夫，予取予求；
所以迫不及待要到丈夫身邊。」

親愛的朋友，
現在輕輕掀起我的面紗，
因為這是愛的夜晚。

卡比兒說：「聽我說，
我的心渴望與愛人相見，
我躺在床上一夜無眠。
主啊，清晨時分，請記得我！」

奉侍你的神，祂已來到這生命的廟宇！
行止莫如狂人，夜晚很快降臨。

祂已等待我無數年頭，祂的心因愛我而失落。
而我卻不知道，至福離我如此之近，因為我的愛尚未甦醒。
但現在，我的愛人已使我知曉，耳邊響起的音符代表什麼。

如今，我的幸福已經降臨。
卡比兒說：「看吶，我的幸福如此浩瀚，
我已收到摯愛所給予那永不止息的珍愛！」

雲層在空中積聚，聽啊，那深沉的咆哮；
雨從東方來，帶著單調的低鳴。

留意你的邊界與圍籬，以免雨水漫過你的土地；
備妥救贖的土壤，讓愛與出離的爬藤在沐浴中浸透。

只有謹慎的農夫會將作物帶回家；
他會裝滿缽盆，餵飽智者與聖徒。

這一天對我來說，比任何日子都美好，
因為今天，摯愛的上主來到我家中作客。
我的房間與庭院因祂的臨在而美麗。

我的渴望高唱祂的名，
那渴望又在祂壯盛的美之中逐漸消融。

我清洗祂的腳，仰望祂的臉；
我臥倒在祂跟前，如一供品，
我的身，我的心，我所有的一切，全都獻上。

多麼喜悅的日子，我的摯愛，我的珍寶，來到我的家屋！

一見到上主，心中所有邪惡灰飛煙滅。

「我的愛已觸及祂，我的心渴望真理之名。」

卡比兒這樣歌唱著，卡比兒是所有僕人的僕人。

有任何智者願意聆聽
從天空傳來的，那莊嚴的音樂嗎？
祂是所有音樂的來源，
祂使所有容器滿盈，
讓祂自己安息於全然之中。

誰侷限於身體內，誰就永遠飢渴，
因為他追求的只是局部。
但那裡始終湧現著「祂是這，這是祂。」
那深之又深的聲音，將愛與出離熔鑄為一。

卡比兒說：「兄弟啊，那就是太初之道。」

我應該向誰學習有關戀人的一切？

卡比兒說：「就如同你要是忽略了樹，就找不到森林，你無法在抽象之中找到祂。」

我學會了梵文，所有人都稱我智者：
但這有何用呢？當我四處漂流，
被渴求烤乾，被慾望燒灼，
腦中負載的傲慢與虛榮毫無價值。
卡比兒說：「將它放下，歸於塵土，
然後去見那摯愛者，稱祂為你的主。」

與愛人離別的那女人，在紡車前紡著紗。
肉體之城從自身的美中升起，心智之殿搭建於內。
愛之紡輪在天空中轉動，座位由真知之珠寶所造。

那女人織的是什麼樣精微的絲線，
織出上好的布匹，散發著愛與敬畏！

卡比兒說：「我編織的是日與夜的花環。
當我的愛人來臨，用祂的足尖觸我，我便獻上眼淚。」

在我王那至高之傘底下，
百萬顆日月星辰閃耀！

祂是我心中之心，眼中之眼。
啊，我的心與眼能否為一！
我的愛能否只觸及我的愛人！
我心中那灼熱的火又能否冷卻！

卡比兒說：「當你將愛與愛人合一，
便有了臻至完美的愛。」

修行者啊，我的國度是無哀慟的國度。
我向所有人高喊，向國王和乞丐，皇帝和苦行者——

無論誰在追尋那至高之所的庇護，都來我的國度安居吧！
勞苦困倦者，來吧，在這裡放下你的重擔！
安居於此吧，兄弟，你可以輕鬆安渡彼岸。

這是沒有土地也沒有天空，無星亦無月的國度；
因為只有真理的光芒在我主的宮殿中閃耀。

卡比兒說：「摯愛的兄弟！真理之外，皆為無物。」

隨著上主來到祂的家屋：
但我並未與祂同住，
且未曾嚐到祂的滋味，
我的青春飛逝如夢。

在我的婚禮之夜，
女性友人齊聲合唱，
而我被塗上歡愉和痛苦的香膏。
但儀式結束後，
我留下上主而歸返，

男性親人沿路安慰我。

卡比兒說：

「我將滿懷著愛，前往上主的房屋；

我將吹響勝利的號角！」

朋友啊，我親愛的，好好想想！
如果你確實愛著，那為何沉睡？
如果你已找到祂，就徹底獻出自己，將祂帶向你。
為何放開祂，一次又一次？

如果深沉的安睡已降臨你的雙眼，
又何必浪費時間鋪床、佈置枕頭？

卡比兒說：「讓我告訴你愛之道吧！
即使是頭顱也必須獻出，你又何必哭泣？」

主在我之中，主在你之中，
如同生命存在於每一顆種子。
僕人啊！拋開無謂的驕傲，
尋找在你之中的祂。

百萬顆太陽發光燃燒著，
藍色的海散布於天空，
生命的高燒退了，所有的汙痕也洗去了；
當我安坐於那個世界。

傾聽那無聲之鐘鼓，在愛中盡享歡愉！
大雨傾瀉而不帶一滴水，那河流是光之流。
彌漫整個世界的是純一之愛，少有人能完全明瞭。

希望藉由理性之光照見愛的是盲人，
那種理性正是分離的初因，
理性之屋在極遠極遠之處！

卡比兒承蒙福佑，在這軀體中歡唱，喜樂充滿。
那是靈魂與靈魂相遇的音樂；

那是忘卻哀慟的音樂；
那是超乎所有來去之上的音樂。

三月已近，啊，誰能使我與愛人合一？
如何能用言語描述我戀人的美，
祂已消融於一切的美之中。
祂的色彩存在於世上所有畫面，
使身體和心智都著迷。
理解這一切的人，
將瞭解春日那無法言說的遊戲。
卡比兒說：「聽我說，兄弟，
能發現這一點的人委實不多。」

哦，納拉德！我確知愛人不在遠方：
我的愛人醒來時，我醒來；祂入睡時，我入睡。
誰帶給我的摯愛痛苦，他將被從根摧毀。

哪裡唱起了祂的頌歌，我就活在那裡；
當祂移動，我先祂一步而行：
我的心對於摯愛者深深渴望。

無盡的朝聖之行就在祂的跟前，
百萬名信徒坐在那裡。

卡比兒說：「那愛者自身揭露了真愛的榮光。」

△ Narada：印度教經典中出現的音樂家、吟遊詩人，能穿越各個域界，帶來智慧的話語。

今天就將愛的鞦韆高高掛起！
將身體和心掛在戀人的雙臂間，在愛的狂喜中；
將淚的積雨雲帶進你的雙眼，
再為你的心，覆蓋上黑暗的影子；
把臉貼近祂的耳朵，
說出你心中最深的渴望。
卡比兒說：「聽我說，兄弟，將戀人的意象帶進你的心。」

導讀

讀者手上這本卡比兒的詩集，是由印度桂冠詩人泰戈爾選譯的，也是五個多世紀以來首度介紹給英語讀者。在印度冥契主義△歷史中，卡比兒是個非常有趣的人。他在北印度瓦拉納西（Benares）一帶出生，父母是穆斯林。約莫在西元一四四〇年時，卡比兒還年輕時，投入著名的印度教苦行者羅摩難陀（Râmânanda）的門下，成為弟子。羅摩難陀承接十二世紀偉大的改革者羅摩奴闍（Râmânuja）在印度南部所發起的婆羅門教改革運動，在北印度掀起一場宗教復興運動。這場宗教復興運動反對傳統信仰流於形式，也反對吠壇多（Vedânta）哲學過分強調哲理探討與一元論，斷言應該回歸本心；並採取羅摩奴闍所鼓吹的，人應誠心誠意奉獻給毗濕奴神。毗濕奴神所代表的是「神聖自然力」人格化的一面，這是一種冥契主義式的「愛之信仰」，在精神文化中某個層次隨處可見，也是教條或思想體系都無法抹滅的。

△編按：Mystism冥契主義，又譯作神祕主義、密契主義。冥契主義者相信可直接獲得真理、與掌控宇宙的力量直接交流，發展出個人的靈性體會。冥契經驗有四個特點，不可言說、知悟性（用以推論理智無法探知真理的洞見）、頃現性（短暫體驗後又回復生活常態）、被動性（非意志可主導）。參考William James, *The Varieties of Religoius Experience*, 1902.

在《薄伽梵歌》中，可以找到許多虔敬拜神的段落，雖然奉愛神明源於印度教，但在這場中世紀的復興運動中，虔敬拜神融合了許多不同宗教的元素。據說羅摩難陀的精神由卡比兒承接了下來，羅摩難陀顯然擁抱了廣大的宗教文化，充滿傳道的熱情。羅摩難陀所處的時代，也是偉大的波斯冥契主義者雲集的時代，納霞堡的阿塔（Attâr）、莎帝（Sâdî）、魯米（Jalâlu'ddîn Rûmî）、哈菲茲（Hâfiz）寫下熱情洋溢、充滿哲思的詩歌，這些作品也對印度的宗教思想產生重大的影響。羅摩難陀希望能將更誠摯、更私密的伊斯蘭教冥契主義，與婆羅門教的傳統神學相互融合。有人會認為這兩個教派的宗教領袖也受到了基督思想與生活的影響，但基於權威人士對此意見南轅北轍，所以這裡就不多加討論了。我們可以肯定的是，這些宗教領袖的教誨中，顯然包含了十分虔誠的兩股（或三股）精神文明的碰撞，就如在早期基督教會中，猶太教思想與古希臘文化的交會一樣。卡比兒的過人之處在於，他有本事把兩股精神文明合而為一。

卡比兒的一生很精彩，他是冥契主義詩人，也是偉大的宗教改革者，他所創立的教派，至今仍有近百萬北印度教徒追隨，其命運與許多揭露實相的聖人一樣，有異曲同工之妙。他厭惡宗教的排他主義，遍尋一切能將人點化為神之子民的自由。然而追隨者在憶念他之餘，卻在又在新的地方築起高牆；而這個分隔的高牆，是卡比兒致力打破的屏障。不過，卡比兒之所以不朽的，不是以他之名流傳的教導，而是他詩歌中自然流露的眼界與愛吸引人心。他的詩歌呈現了神祕情感的不同層面：有遠在天邊的抽象概念；有對浩瀚無垠的存在那股脫俗的熱情；也有對神最私密的了悟。而上述這些，都藉助印度教與伊斯蘭教信仰中最樸實的隱喻與宗教符號來表達，並不特別去區別其中的差異，因而很難把卡比兒歸類為婆羅門教徒、蘇菲教徒、吠壇多學派，或毗濕奴追隨者。正如他自己所說的，他「是阿拉之子，也是羅摩之女」。他所認識且敬愛的至上之靈，他試圖引導眾生與其建立的喜樂之誼，超越了一切，因為所有形而上的領域、信條不出其外；而一切種種又說明了那無限、簡約的整體，向所有教派的虔愛者以其之道，彰顯其在。

卡比兒的生平圍繞著許多相互牴觸的傳奇故事，但都令人難以採信，有些是從印度教教徒那裡傳開的，有些是從穆斯林那裡來的，他們各自稱卡比兒為蘇菲聖人或婆羅門教聖者。不過，從名字實際來看，卡比兒祖先無疑是穆斯林；而最可信的說法也顯示他是瓦拉納西一個信仰伊斯蘭教的織工之子或養子。卡比兒一生主要的事件都發生在瓦拉納西。

在十五世紀的瓦拉納西，虔愛拜神宗教的綜攝運動潮流已發展成熟；蘇菲教、婆羅門教辯論不休，而兩方信仰中最有靈性的教徒都經常接觸羅摩難陀的教導，當時羅摩難陀的聲譽如日中天。卡比兒天生具有宗教熱忱，在他還小時，就認定羅摩難陀為老師；但是他也知道要一個印度教上師收穆斯林為徒，可能性微乎其微。因此，卡比兒心生一計：他躲在羅摩難陀習慣恆河畔沐浴處的台階處，讓羅摩難陀走下台階時，不小心踏到自己身上，羅摩難陀驚叫道：「羅摩！羅摩！」（羅摩是他崇拜的上帝的道成肉身的名字），然後卡比兒說自己已經接受了羅摩難陀脫口而出的咒語啟蒙，也被收為弟子了。有些正統的婆羅門人和穆斯林對此義憤填膺，很氣憤他做出這種蔑視神學指標的行為，但卡比兒仍堅持自己的主張，從而展現了羅摩難陀一直在建立的思想上宗教融合原則。看來羅摩難陀已經接受了卡比兒為徒了。雖然伊斯蘭教的傳說中談到，著名的蘇菲派上師占西城的塔吉（Takkî of Jhansî）是卡比兒後期的上師，但羅摩難陀這位印度教聖徒是卡比兒唯一在詩歌中感激的人身上師。

我們所知甚微的卡比兒生平中，有多處與現下對東方冥契主義者的想法相互扞格。我們對他受過的訓練、他的靈性天分發展的方式一無所知。他似乎多年來都一直是羅摩難陀的門徒，在他的上師與那個時代所有偉大婆羅門教、伊斯蘭教領袖展開的神學、哲學辯論中躬逢其盛；我們以此為據，或許可以追溯他對印度教和蘇菲教哲學術語的認識。他也許接受了印度教或蘇菲教沉思的傳統教育，也許不接受，但無論如何，他顯然從未正式採行禁慾主義者的生活，也未曾遁世獻身於苦行或一心投身於沉思生活。與其內在生活並行的，是他在音樂和文字上的藝術表現：他是音樂家，也是詩人，過著東方匠人的生活，身心健康、勤奮工作。所有的傳說指向卡比兒是織布工，是個質樸而又沒受過教育的人，以織布維生。像做帳篷的使徒保羅、鞋匠兼哲學家波姆（Jakob Böhme）、補鍋匠兼基督教作家班揚（Bunyan）、絲帶製造商兼改革宗作家泰爾斯提根（Tersteegen）一樣，卡比兒知道如何將願景和工作結合：他手上的工作幫助了他內在熱切的冥想，不構成阻礙。他討厭單純肉體上的簡樸，他不是苦行僧，而是已婚男人、一家之主，這向來是印度教的修道士傳說中試圖隱瞞或難以解釋的情況。卡比兒在這世俗生活中，發自肺腑，對著神聖之愛高聲放歌，其創作佐證了他一成不變的生活故事；他在在歌頌了家庭生活、日間活動的價值和現實，及在行動中去愛和出離的機會；也大力蔑視瑜伽士的神聖性，說他們是「大鬍子、蓬頭垢面，看起來像山羊」；屏棄那些認為要逃離充滿愛、喜悅、美麗世界才能找到唯一實相的人，這個世界不就是人追尋的之所在？此一實相已「在全世界以祂的形象散播愛」。

在這樣的時機下，不需要太多的苦行僧文學經驗就能辨認出這種大膽和獨創的態度參考詩第21、40、43、66、76首。從印度教或伊斯蘭教正統神聖的觀點來看，卡比兒就是個異端，而且他不喜歡組織性宗教，並對此坦言不諱，跟貴格會教徒一樣徹底厭惡所有外在儀式，就教會立場來看，他是個危險人物。卡比兒一直歌頌與神聖實相「簡單合一」，就像與每個靈魂的責任和喜悅一樣，與儀式和身體的苦行無關；他所宣稱的上帝「不在卡巴天房，也不在岡仁波齊峰」。那些尋求祂的人不需走遠，因為祂在各地等著被發現，「洗衣婦和木匠」比自以為是的聖人更接近神。參考詩第1、2、41首。詩人不識時務，因而譴責了整部運作虔誠的機器，印度教徒和穆斯林都一樣，寺廟、清真寺、偶像、聖水、經文、教士都好，只是實際狀況的替代品；死亡之物切入靈魂與愛之間——

那些圖畫全都缺乏生命，無法言語；
我知道，是因為我也曾朝著它們哭喊。

往世書和可蘭經只是些文字；
我揭開簾幕，我看過。參考詩第42、65、67首。

任何有組織的教會都不能容忍這種事情；卡比兒以瓦拉納西為根據地，身處教士影響的中心，如果他因而受到了嚴重的迫害，也不足為奇了。有個眾所周知的傳說，婆羅門人派了一名美麗妓女來誘惑他，希望能使他墮落，但像抹大拉一樣，這名妓女因遇見了更大的愛並受其感化，成為他的信徒。當時的教會權力對卡比兒的恐懼和厭惡，也在這則傳說中被保留下來。後來，卡比兒施展了所謂的治癒奇蹟之後，他被帶去見西坎達爾洛迪（Sikandar Lodi）皇帝，被指控怪力亂神。但這位皇帝是個有素養的統治者，對有其所屬信仰的聖人相當寬容，接受其古怪的行為。出生在伊斯蘭教家庭的卡比兒不在婆羅門人的管轄之內，而且嚴格來說，他被在歸類為蘇菲派。蘇菲派的神學較為寬容。因此，儘管他以維繫和平的理由被驅離瓦拉納西，但他卻保住一命。這可能是發生在一四九五年，當時卡比兒已近耳順之年，這也是我們確知其職業生涯中最後一次事件。從那以後，他似乎在印度北部城市間移動，領導一群弟子，繼續流亡，過著鼓吹愛和作詩的生活，正如他在他的一首詩中所說的那樣，他「從時間的初始」就注定如此。一五一八年，這位健康衰微的老翁，雙手已無力無法再作出他所愛的音樂，他在戈拉克普（Gorakhpur）附近的馬格哈（Maghar）去世。

他死後，有個美麗的傳說。追隨他的穆斯林和印度教徒因為對他身體的所有權爭執不下：穆斯林希望土葬，印度教徒要火葬。正當雙方吵成一團時，卡比兒現身，要他們抬起屍體，看看裹屍布底下有什麼。信徒一聽便照辦，在放置屍體處，他們發現了一叢花。後來，這些花一半被穆斯林埋葬在馬格哈，一半被印度教徒帶回聖城瓦拉納西火化。這則傳說恰如其分地總結了一個生命，這生命使兩個偉大信仰的教義散發出最美的芬芳。

二

冥契主義的詩歌，一方面定義為對實相的看法反復無常；另一方面，也作為一種預言的形式。調解兩個秩序，是這是神祕覺知的特殊使命，對外是對神的敬愛，回家告訴其他人永恆的祕密；所以這種覺知在藝術上的自我表達也具有雙重性：這是情詩，而書寫情詩的背後，常有傳教的意圖。

卡比兒創作的正是這樣的詩歌：是幸福，也是對人類慈愛的結晶。他不以文學的語調，而是以普羅大眾使用的印地語寫作，如陀迪（Jacopone da Todi）和羅爾（Richard Rolle）作白話詩，這些詩是刻意對一般人民而非專業宗教階層而寫；所有詩都必須不斷地運用從一般生活，也就是共通經驗中所汲取的意象。藉由最簡單的比喻，不斷呼求人人都能理解的需求、情感、關係：如新郎與新娘、上師與弟子、朝聖者、農民、候鳥，他將他對靈魂現況強烈信念與「超越之在」交織的現實帶回家。在他的宇宙中，「自然」和「超自然」世界之間沒有藩籬；一切都是神的創造性遊戲的一部分，因此即使在其最微小的細節，也能揭示上帝的心思。

這種願意接受以「此時此地」作為代表超越現狀的一種手段，是最偉大的冥契主義者的共同特徵。對於他們而言，在他們最終經驗到了真正的神祕體驗時，宇宙的各個面向都擁有平等的權威來宣告上帝的存在，大膽使用家庭和身體的象徵；而他們的精神生活的愈是提升，對此愈是無所畏懼。這類家庭和身體的象徵，也往往令人不快，這不尋常品味甚至引發種人反感。偉大的蘇菲派作品，以及如陀迪、呂斯布魯克（Ruysbroeck）、波姆等基督徒的作品，也都不例外。因此，在卡比兒的詩歌中，他不斷並置實質與形而上語言，我們也們無須為此驚訝。他努力傳達他的狂喜之情，並勸說他人分享；在最強烈的擬人化、最微妙的哲學方式之間快速轉換，理解人類與神聖的交融。這種轉換的需要、對心思運作整體的本然狀態，都源於他對神的本質的概念或觀點；除非我們試圖了解這一點，否則我們對他的詩歌的理解不會太深。

卡比兒與聖奧古斯丁、呂斯布魯克同為少數最優秀的冥契主義者，蘇菲派詩人魯米可能是其中最頂尖的，他實現了一種我們稱之為「與神的融合視野」。這種視野解決了長久以來的對立，如神聖自然力的個人、非個人；超越、內在；神聖自然力的靜態、動態面向；在哲學上「絕對之在」、虔誠宗教的「真朋友」之間的對立。他們不是一一採取這些明顯不相容的概念，而是如呂斯布魯克所說的，「在一致的整體中融化並融合」，藉由提升到他們所擁有的精神直覺，視這份直覺為完美整體的完全對立面。這一過程對他們來說是必要的，卡比兒、呂斯布魯克都明確地承認了這一點：一個由三個秩序構成的世界：成為、存在、「超越之在」（即神）。參考詩7、49首。在此，神不被當成是最終抽象之在，而是唯一的真實。神鼓勵、支持，也同時寓居於兩個世界：一個是持續、有條件、有限的「成為」的世界，另一個是與無條件、不連續、無限的「存在」的世界；不過神還是完全超越了這兩個世界。因為祂是無所不在的實相，「諸世界被描述為珠子」，「無處不在」。在神人性化的一面，祂是那位「受人敬愛的苦行者」，教導、陪伴著每個靈魂。在祂被視為「內在精神」時，祂是「心思中的心思」。但這些最多只是其本質的部分面向，相互糾正：正如基督教三位一體教義中的位格（這個神學圖像具有驚人的相似性），代表了「神聖合一」中的不同和補償經驗，而三者在與神的合一中復位。正如呂斯布魯克看到了現實的一面，在這個面上，「我們不能再說父親、兒子、聖靈，只能說唯一之在，此即神聖位格的根本實質。」所以卡比兒說：「祂更超越了限制與無限，祂是純粹的存在。」參考詩第7首。

因此，梵天是「不可思議的真相」，與之相比，「本源與現象之間只是字面差別」：是完全超越性絕對主宰的哲學，也是個體靈魂的情人，正如基督教冥契主義者所說的那樣，「大家都有，但對每個人都很特別」。卡比兒感受到這兩種描述實相的需要，這證明了他的精神體驗的豐富與平衡；這既不能用單純宇宙性或人格化的象徵就足以表達。比「絕對之在」更加絕對，比人類的思想更加私密，梵天因此超越了內心激情的直覺，與此同時也包含了所有哲學概念。祂是「偉大的肯定」、能量的形式、生命和愛的源泉、欲望的獨特滿足。祂的創造性詞語是「唵」（Om）或「永遠稱是」（Everlasting Yea）。反面哲學則是以消除神聖自然力全部屬性，只用祂「不是」的東西來定義祂，把祂降格為「空無」，而這正是詩人極其厭惡的。卡比兒說：「你無法在抽象之中找到祂。」梵天是舉世唯一的愛，只有愛的眼睛才能看出祂的豐富；儘管認識祂的人可能永遠不會知道其中奧祕，但會分享宇宙的喜樂和不可言喻的祕密（參考詩第7、26、76、90首）。

現在，卡比兒在神聖自然力的個人和宇宙方面，把這種融合化為現實，閃避了威脅冥契主義信仰的三大危險。

首先，他擺脫了過度的情感主義，不對人格化的神祇敬拜。這種敬拜肇因於對神無限制地人格化，特別是化身的型態；在印度可見對誇張崇拜克里希納的行為，在歐洲可以在對某些基督教聖人在情感上的渲染。

他逃過的第二關，是免受純粹一元論這種摧毀靈魂的結論影響。一元論的邏輯含意被壓抑在家裡，是不可避免的；也就是說，上帝和靈魂之間物質的同一性，必然也接受了「靈魂在神的本體裡」這樣種靈性生活的目標。對於徹底的一元論者來說，靈魂，就其本身是真實存在的，與上帝大體相同；存在的真正目的，是保全這種潛在同一性，這體現在吠壇多學派的表達即「你是那」。但是卡比兒說，梵天與萬物「永遠分離，亦永遠合一」；智者知道精神和物質世界「只不過是他的腳凳」參考詩第7、9首。靈魂與祂的合一，是愛的團圓，互居互在；所有冥契主義宗教所表達的基本上是二元關係，而非自我融合，其中抹去個人性格的地位。這種永恆的分隔，神與靈魂在分離中神祕的合一，是所有冥契主義必有的教義；因為不承認這種分隔的設定，必然也找不到可以任何靈魂與精神世界交織的片段。這點的確立，是羅摩奴闍所宣揚的毗濕奴派改革中的一個顯著特徵；其原則由羅摩難陀傳承給卡比兒。

卡比兒逃過的最後一關，是把上帝作為愛的最高對象、靈魂伴侶、導師、新郎，並在其詩歌中，熱情和頻繁地表達這些意象，有溫度的人類和直接理解去上帝，得以制衡抽象的傾向（這傾向來自他對實相固有的形而上看法），同時也免於對知識形式的無知崇拜，逃離吠壇多學派的詛咒。他不認可單純的知識討論，也不認可盲目崇拜（參考詩第49、67、75、90、91首）。愛貫穿於他的「絕對唯一的主」：他有使生活豐富的獨特來源，也享受其中，以及結合有限世界與無限世界的共通因素。一切都沉浸在愛中：他用幾乎是《約翰福音》的話描述那種愛是「上帝的形式」。神造萬事萬物，是永恆愛人的遊戲；在生活、變化、生長之中，表達梵天的愛與喜。這雙重強烈的情感主宰了人類生命的產生，而卡比兒「超越了苦樂的迷霧」，發現愛與喜掌管著神的創造。祂的表現就是愛；祂的活動是喜悅。造物源於一種肯定的愉悅行為：永遠稱是，這是從神聖的自然深處發出的聲音，永無止境（參考詩第17、26、76、82首）。宇宙是一場愛的遊戲，按照宇宙永遠繼續發展的概念，梵天也以漸進的化現與之對應；這也是卡比兒從眾多印度教的一般概念中採用的觀念之一，並以他的詩人的天分加以闡明何謂運動、節奏、不斷變化，這些構成了卡比兒實相觀的一個不可或缺的部分。雖然他一直覺知著永恆和絕對之在，但他對神聖自然力的概念本質上是變動的。他經常試圖藉由動態的象徵，將傳達這點給世人，正如他不斷提到跳舞，或是由「愛的繩索引動」宇宙永恆搖擺，這種的奇妙現代的畫面。（參考詩第16首。）

冥契主義文學的一個顯著特徵是，偉大的沉思者在努力向我們傳達他們與超靈性交融的本質時，難免被驅使運用某種形態的感性意象——他們知道即使是最上乘的意象，也可能粗糙，不盡準確。我們正常的人類意識完全受制於對感官的依賴，直覺的成果也不假思索地被指稱為感官的作用。冥契主義者似乎都能在這直覺中，滿足對所有模糊的渴望，暫時忘卻對感覺的憂慮。因此，他們不斷宣稱自己看到了未創造的光；聽見了天上傳來的妙音；品嚐了主的甜蜜；知道一種難以言喻的香味；感受到愛的接觸。就像諾里奇的朱利安（Julian of Norwich）一樣，「確實看到並充分感受到祂，在靈性上聽見了祂，聞起來芳香宜人，甜蜜地吞下祂。」在那些發展以念頭主導身體感覺的人，感覺、精神之間，以幻覺的形式出現在意識中，兩者有相似之處：正如蘇祿（Suso）所見的光；羅爾聽到的妙音；西耶那的聖凱瑟琳房間中洋溢的天香；聖法蘭西斯和聖德蕾莎感受到的聖殤。這些都是象徵主義過度戲劇化的表現，在這種影響下，冥契主義者本能地傾向於將自己的精神直覺呈現為表面的覺知意識。在此，在他認為最能體現實相的特殊感官知覺中，他獨有的特質出現了。

現在，卡比兒正如我們所期盼的那樣，對精神秩序的反應是如此廣泛和多樣，一一使用了意義的符號。他告訴我們，他已經「不憑藉眼睛看」梵天的光輝，品嚐了神聖的花蜜，感受到了與實相接觸的狂喜，聞到了天花的芬芳。但他本質上是詩人，是音樂家：韻律與和諧是他美麗和真理的衣裝。因此，在其詩歌中，他像羅爾一樣，化身為帶著音樂性的冥契主義者。他一次又一次地說，音樂充塞在萬事萬物之中；萬事萬物就是音樂。在宇宙的核心，「純淨而潔白的樂音綻放」：愛編織了旋律；出離打敗了時間。不論在家，或在天堂，都聽得到天國妙音；凡人的耳朵或苦行僧訓練有素的感官，都聽得出來。更有甚者，每個人的身體都是一把七弦琴，梵天彈琴，是「所有音樂的泉源」──卡比兒到處都聽得出「綿綿不絕的無限之音」：天使對著聖法蘭西斯演奏仙樂；幽魂般的交響樂籠罩了羅爾的靈魂，讓他欣喜若狂參考詩第17、18、39、41、76、83、89、97首。在印度教眾神中，卡比兒經常提到神聖吹笛者克里希納參考詩第50、53、68首。他也在超越性的音樂中看見其律動，視覺的體現：在梵天面前的宇宙神祕之舞，既是崇拜的行為，也是對內在之神的無限歡喜的表示。

然而，在這個廣闊而狂熱的宇宙視野中，卡比兒永遠不會失去與白晝之在的聯繫，永遠不會忘記過一般人的生活。他腳踏實地，他的崇高和熱情的憂慮，永遠受到清醒而富有活力的腦力活動所制衡，靠的是那種警覺，通常只有真正冥契主義的天才才有這分機敏。不斷堅持簡單而直截，討厭一切抽象和哲學論調（參考詩第26、32、76首），不留情面批評外在宗教：這些都是他最顯著的特徵。上帝是所有化現的本源，「物質」和「精神」皆然（參考詩第75、78、80、90首），而上帝是人類唯一所需，「當你來到本源時，幸福將屬於你。」（參考詩第80首。）因此，有人著眼於「某個必需要有的東西」，教派、信條、儀式、哲學的結論、禁慾的鍛鍊等，都是相對疏離的問題。這些僅代表從不同角度，也可達到同樣的目標：靈魂可藉此靠近與梵天的簡單合一；並且只有在這樣的時代，這些「必需品」才有其助於這種合一。卡比兒徹底貫徹折衷主義，他似乎一下是吠壇多學派或毗濕奴派，一下是泛神論者或超驗主義者，一下又是婆羅門人或蘇菲派。為了說出那種無法形容的憂慮，如此巨大又如此靠近，憂慮控制著他的生活，他緊抓著憂慮，（他可能在他的紡織機上編織了截然不同的線索），從最暴力與衝突的社學與信仰中，汲取符號與想法，並與之相纏。如果他要提出那個奧義書稱之為「超越黑暗的日光沾染之所在」的那個「唯一」的角色，所有這些都是必要的：若要證明白光的簡單豐富，就需要光譜上的所有顏色。因此，他取傳統的材料為己用，遵循一種冥契主義者共用的方法；他們很少表現出對形式原創性的特殊愛好。他們會把葡萄酒倒入容器中直到滿溢：一般是依當時的宗教或哲學形式偏好使用，然後將其提升到美麗和有意義的境界。因此，我們發現卡比兒最優美的一些詩歌，與印度教哲學、宗教的主題有相似之處：神的遊戲或上帝的運動、幸福之洋、靈魂之鳥、幻相、百瓣花蓮、「無形無相」。許多詩都浸淫在蘇菲教的意象與和感覺中；而其他詩用一般環境和印度生活事件為題材：寺廟的鐘聲、燈的儀式、婚姻、殉夫自焚、朝聖、季節特色等，全都從他冥契主義的角度來感受，行靈魂對梵天間的聖禮。在他的許多詩歌中，表現出一種對自然的特別優美和親密的感覺參考詩第15、23、67、75、87、97首。

在本翻譯的詩歌集中，讀者會讀到卡比兒思想幾乎所有面向的例子，以及冥契主義者情感的所有波動：狂喜、絕望、平靜的至福、渴望自我奉獻、突來的光明遍照、情感私密的時刻。他看宇宙的視野，廣闊而深刻；這些造物「永恆運動」參考詩82首、在神之所在中，「諸世界被描述為珠子」的世界參考詩14、16、17、76首，在他看來都是平衡的，憑藉著與神聖的朋友、愛人、靈魂導師親密交流的微妙感參考詩10、23、35、51、85、86、88、92、93首，還有最美麗的詩34首。這些與實相顯然矛盾的觀點在梵天中解決，無論是羈絆與自由、愛與出離、苦與樂，所有對立面都在祂之中參考詩17、25、40、79首。與神合一是對靈魂、命運、靈魂之所需極其重要的事參考詩1、2、54、70、74、93、96首；這樣的合一、這樣發現上帝，是最簡單自然不過的事，只要我們願意參考詩41、46、56、72、

76、78、97首。然而，與神合一是以愛而行，而非隨知識研讀或儀式活動而來參考詩38、54、55、59、91首；與神合一的擔憂，是不可言喻的，如呂斯布魯克所說的：「非此非彼。」參考詩9、46、76首。要誠心去禮拜和交融，就在神靈與真理中參考詩40、41、56、63、65、70首中，因此偶像崇拜是在侮辱這神聖所愛參考詩42、69首，而除了行善和靈魂的純潔之外，職業神聖的組織機器也是無用的參考詩54、65、66首。因為所有的事物，特別是人心，都是神所寓居之處、為神所擁有的參考詩26、56、76、89、97首，所以最好就在此時此地發現神，祂就在一般的人類、肉身存在、物質生活的「爛泥堆」中參考詩3、4、6、21、39、40、43、48、72首。「我們不必跨越道路，就能觸及目標」參考詩76首，不用到修道院，家裡就是人努力的最佳場所：如果他在那裡找不到上帝，也不必希望到遠方就能找到。「實相就在家中。」人會經歷其中的愛別離、喜樂、束縛與自由；在這些衝突之中，無限無間的樂音飄揚。卡比兒說：「除了梵天，無人能喚回那旋律。」

這個版本的卡比兒詩歌主要是泰戈爾先生翻譯的作品，他身為冥契主義者的天分讓他特別能理解詮釋卡比兒的視界與思想，也待讀者明鑑。這個版本是參考沈可墨（Kshiti Mohan Sen）先生的孟加拉語翻譯與紙本印地語文本；沈先生蒐集多方來源，有的來自書籍、手稿，有的出於雲遊僧、吟遊詩人之口。許多詩歌和讚美詩都掛卡比兒的名字，沈先生從許多托名之作中仔細篩選出真作。也因為沈先生的勞心勞力，才有成書的可能。

我們還有一份查可瓦提（Ajit Kumâr Chakravarty）先生譯自沈可墨先生文本的手稿，共一百一十六首英譯及一篇談卡比兒的散文，我們由此獲益良多。我們多處採用了他的翻譯，其散文中提到的許多事實也寫在本篇導讀裡。我們在此特別感謝查可瓦提先生的慷慨無私，將其作品供我們運用處置。

原文詩歌標題參考寂園（Sântiniketana）；《卡比兒》，沈可墨（Kshiti Mohan Sen）著，四部，梵行出版社（Brahmacharyâsrama），印度博普城（Bolpur），1910-1911。

感謝布魯哈德（J. F. Blumhardt）教授協助音譯。

艾芙琳·昂德西Evelyn Underhill 導讀

劉粹倫 中譯

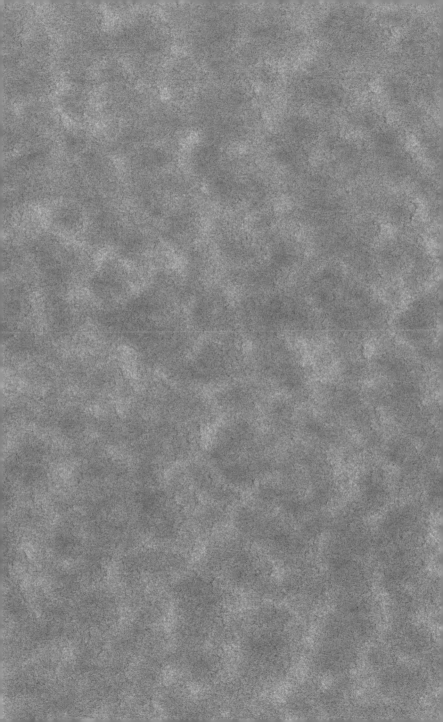

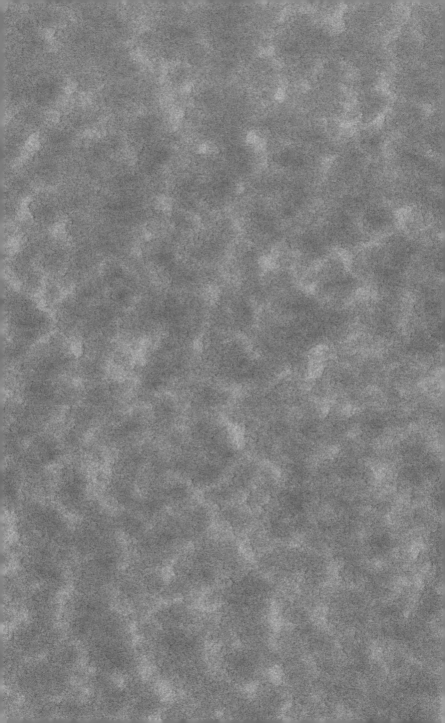